废墟上升起一座博物馆

刘娜 著

长江出版传媒
长江文艺出版社

刘 娜

1985年12月生，湖南邵东人。现为某机关公务员，写诗及其他。

目录

辑一　右拐就是玉竹坪

辑二 为折旧的少年歌

辑三　桂子从云中坠落

辑四　一段寂静的长路

辑一 右拐就是玉竹坪

春夜歌声

春天并未进入我紧闭的窗帘
但他们的歌声畅通无阻
那辆车从我窗前经过
几句徒劳的叫卖烟灰般掉落
小城吉卜赛人放起绵绵情歌
男中音和女高音间或应和
中音鼓胀黑夜，高音再把它刺破
直到，嘶哑卡顿如喇叭缺电

那是众多候鸟中的两只，小货车承载全部家当
装着各处收来的水果四处游荡
（游荡的还有我的乡人，运着各种中药材）
现在候鸟们来到中国南方的这座小城
把最甜蜜（据他们所说）的那些运进我们生活
许多个黄昏我曾带回这些流浪的柚子和猕猴桃
此刻，窗帘后我是最真诚的听众

歌声渐渐渺茫，如人鱼消失在海平面
却又久久停在我的窗前
第一次感到无限宽慰
感谢生活让这些漂泊的人

为我送来春夜的歌声

但愿我的乡人们也可以

在异乡的一扇窗前。自由歌唱

开往小镇的中巴车

困意常不请自来
一个困意挨着一个困意
几十个摇摆的困意
会碰撞出许多梦境
而我在梦境之外

药味也不请自来
把困意齐刷刷叫醒
马路两旁摆满的党参、白术、玉竹、黄芪……
早在等皮包、纸箱、布袋
在马路市场的尽头转弯
我还要往家里赶
右拐就是玉竹坪

那时的药味
还是能轻松叫醒我
随一辆中巴车开往小镇
小镇有一个大的别名:
南国药都

老周记烧烤店

下高速后第一个红绿灯右拐
整条街的烟火售卖着夏天
街道的尽头，老周记烧烤店
茂盛的梧桐叶吮吸人间滋味
胖老板在烧烤间忍受着煎熬
排骨、生蚝和牛肉被反复炙烤
直到，发出统一的香气

人们涌进来像一个个拥挤的音节
他们举起啤酒和烤串
兴奋地说起小镇的前世今生
我一个人
我也出生在这个小镇
我只点了一份
二十多年前的炒粉

代父母回乡

盛满的酒杯
微小的波澜里
是三十来岁父母年轻的倒影
朗月升上天空又在杯中不断分身
闪闪发光的生活才刚刚开始
地里的玉竹、三七
正在合计一年的收成

从县城到玉竹坪的三间砖房
今天转眼就到
父母已跟随儿女漂泊
儿女正代替父母回乡
路旁花草正盛，似当年蓬勃的脚步

同样在玉竹坪
同样大笑着举起喜庆的酒杯
我却总是分神于
暴雨将至前抢收玉竹、三七的
慌乱场景

雨是有限的

在暴雨前我们回到屋檐
多幸运，雨水差点打湿脚跟
在二楼拐弯处回头看
聚集的水成为一束束，不停跃起
它们还想要回到从前？

对面平台葡萄架上叶子不断颤动
在藤的左右摇摆，雨中跳皮筋
高大的樟树却显得沉默
这和我想象的不一样
整个春天它们不断地发芽和落叶
抛下一地的树籽

现在每片叶子收拢自己
等雨水从叶尖滑落
微微瑟缩的样子让我想起
玉竹坪的那个老农
乡村遥远的屋檐来不及躲避暴雨
他戴着斗笠，垂首抱肩耐心等待
他知道
雨是有限的

火　焰

弟弟首先注意到它
其时我们正谨慎地越过阶前的杂物
查看老屋漏水的墙角
和几根长木勉为支撑的杂物间

数十只绿色手掌
在二楼露台的栏杆上招呼
多年前弟弟随意折来的一小块仙人掌
仅凭无意的风雨
已经长到一个令人惊叹的高度
秒杀我精心养在办公室的那些

在讶异中翻看百科
仙人掌是一味良药，可清热解毒
别称"火焰"
这些年正为我们守着老屋
把记忆点燃

久　叩

太阳能路灯光照下

一扇竹门泛着浅淡的青绿

将马路边的这座房子

整体推入一片寂静

院子里隐约可见杂草缓慢生长

细小的动物在暗处蹑足前行

三奶的铡刀依稀还在屋前

我常见她在屋前切猪草

也切些玉竹、党参和射干

儿子们都在外地做药材生意

她一个人进出，寂静如一座老屋

对我们在她院中的吵闹

常报以沉默的宽容

遥遥几声犬吠

僻静之处瞬时坠入空茫

十几年后旧屋在夜色中更像坍塌的影子

屋内似有叹息般的微小火苗在闪动

我垂下手，轻步走过

放弃了久叩的念头

飘浮的尘埃

我和弟弟坐在右边厢房
亲友们像被风从四面吹来
又散向八方
这是盛宴后必然的荒凉
只剩下堂屋神龛下成垛的纸钱
整齐的黄，一片成熟而低垂的稻谷
稻田里爷爷偶尔直起身
脸上粘着尘土

帮工们准备撤场
他们说，起下身，桌椅租来的要搬走
我和弟弟让出条凳
又被让出房间
站起来环顾四周才第一次发现
几平方米的房间也可以这么空
只有一把抓不住的阳光和无数飘浮的尘埃

乡间格格巫

天色将晚，他从地里回来
扛着那把老锄头
前脚踏进门槛，后脚抬起时
与他鼻子一样的老锄头钩住天幕
黑夜掉了一地

杂草丛生的院子
光线暗淡的房门
我们停止了躲猫猫
壮着胆子伸手去推
他在灯下切药材
又说起那些吓人的故事
陪着他的故事
在世界的另一面赶路
我们头皮止不住地发麻

我们总又忍不住团团围住他
灯光下
他的影子不断扩大

大　雪

夏日的午后
母亲到学校来接我
轻盈的身影从一丘黄花地旁闪现
白色套裙上绣着几朵向日葵
她走到近前俯身抱我
低头时脖颈雪白

说起那时候她真美
母亲羞赧地笑着埋下头
大雪已到山顶

另外的炊烟

小河是不经意挥出的一笔
在田野间跃动
油菜花于岸边卸去华丽的头饰
挺胀着饱满的果荚

在河边的青石上小坐
目光与流水的走向一致
不远处的水田里
光正为几只小鸭镀上金身

再往前走
一条铁路和小河几乎齐平
在玉竹坪看到
另外两条横向的炊烟
正相约向远处无限延伸

烙

烙铁插上电

温度很快就会升上来

生活在一腿过年羊肉上变得具象

灼烫带来梦一般的烟雾

和略呛鼻人世间的味道

双手轮换

努力对抗，这必然下坠的重力

在玉竹坪的冬夜

母亲需要耗费更多的时间

火钳拿出灶膛

温度重力一样不断下坠

再插回灶膛

其间腾出一只手来

不断去擦从额头

滚落在睫毛上的

一滴滴汗

回　乡

一只半新的铁鼎锅
向火打破沉默
绵密的雾气云絮般缥缈
香味伸出长舌，把我和弟弟卷到灶前
那年我 8 岁，弟弟 5 岁
把每餐煮饭的米汤留给我们的奶奶
那年她 72 岁

火焰星辰般闪耀
一堆在爷爷脸上跳跃
让供桌上他的笑容更加温暖
一堆在地面聚集
拼命添纸也照不清楚

父亲嘱咐我交替照看着两团火焰
他站在火前
汇报在这人世间
一年里我们所沾染的一些风尘
和另一些心愿

这一年奶奶 99 岁

她的儿子 61 岁

煤球灶早已开裂

铁鼎锅不知去向

青蒿札记

在中国南方的小商人中
有一个是我的伯父
在生活的认知上
他更关心一日三餐，儿女生计和玉竹坪的两层三间红砖屋

事情在 2005 年起了变化
老乡从桂林传来消息
一种疾病暴发
手握能做特效药的青蒿
就是捧着绿色的黄金
伯父连夜就准备出发
我至今记得他狂热的表情
——把青蒿点成发亮的黄金

一阵风可以把人刮上半空
半空中能看见那遥远的他乡
一阵风也让人重重落地
小镇商人习惯摔得一脸灰泥
我的大伯依旧每天骑着三轮
把玉竹、党参、白芍还有其他药材收来又送去
他只关心一日三餐，儿女生计和玉竹坪的两层三间红砖屋

徒　燃

燃起一堆火焰
烧掉生长一整年
又被我们用半个下午聚拢的
枯枝、杂草
让前坪看起来更接近从前

火焰中心有奇异的美
摇摆的幻境中
那时我们在玉竹坪不停地搜寻
收集一切可燃之物
只为烤熟几只土豆
落叶、报纸、干稻草
漫长等待后
土豆慢慢打开了紧握的香气

现在难寻之物长满前坪
又被时间好心地晾晒
我们只是收割、点燃
然后安静地围拥着这巨大而虚无的火焰

言　和

不具体的某个清晨
父亲开始每天嚼几根铁皮石斛
有同乡在玉竹坪种下它们
连同它的神奇功效
一起送来县城

我对它们的功效表示怀疑
在我怀疑一切的年纪
父亲慢慢地咀嚼
这些微缩版的竹子
几十年了，肠胃的老毛病折磨着他
他总是回之以强硬蔑视

如今已年过六十
生活的黏稠与寡淡的味道
不停止地小小折磨
他选择全盘接受
并开始像个绅士，微笑着握手言和

野蔷薇

从山上下坡
穿过开满野蔷薇的一段路
尽头是我家
我常从那陡坡一路向下奔跑
白色的野蔷薇，一丛一丛轻漾

有一次
父亲像一阵疾风
把我远远抛在后面
完全不顾野蔷薇的挽留
玉竹暴跌
灯下，母亲轻声叹气
窗外野蔷薇一片一片撒下

游　戏

孩子像一个真正的农夫

在烈日下耐心地挖掘，她有一把小铲子

把捡来的石子，其中几颗

埋进地里

压实，浇水

然后挺直身子，发出庄稼人满意的叹息

孩子正沉迷于这种游戏

在老家的前坪

这里曾种下全家人无数的脚印

前坪过去的菜地

现在种满桂花树

我和孩子一起细细数过

横竖笔直共 221 棵

比在村小旗杆下做广播体操

现大都已外出的人还多

好天气

阳光
停在我的半边肩膀
贴着我的半张脸
不再前进一步
一并照亮角落里那把黑色轮椅

黑白格子坐垫保留最后的皱褶
几只用剩的一次性水杯
蓝色旧布外套斜靠在椅背上
袖口开始泛起白霜
一个晒药材的簸箕，紧挨着轮辐
一年了
去往玉竹坪刘家坟山的爷爷
只剩下这么多

光影里的父亲

父亲蜷在沙发的暗影里
没开灯的房间只有电视彩色的光在流动
这让他的表情看上去有些复杂
这使我陌生

我熟悉他和善的笑脸
老去的父亲似乎只有这一个表情
微驼的背，像对命运稍稍欠着身
相似的表情也曾在爷爷的脸上凝固
谨小慎微，几分不自觉的讨好
玉竹坪小门小户的异姓人

曾经彩色的光也在父亲脸上流动
村里放露天电影
他牵着我走进人群，腰板挺直
微笑地坐进乡亲们热情的招呼
把我抱在腿上
那时　他前程似锦

完美手势

五岁的设计师力求完美
不断调校我手指的位置
她要求在睡着前
我的右手要覆盖住她左脸的皎洁

大拇指和食指分居脸颊两端
空出三四厘米的距离
中指搭在耳垂
余下两根手指作为支撑
托住小巧的下颌

她不知道睡着后
另一个手势同样完美
支撑着我的眼神
透过她
直达月光下玉竹坪的雪地

送弟弟到武汉读书

多年前
送弟弟到武汉读书
在长江边上
独自坐了很久
江风一直吹
把江水的细微不断带上岸来

多羡慕这些，能用一生
守住一条长江的人
这些在江边散步的人
这些在江边垂钓的人
这些在江边放风筝的人

那个在江边发呆的人
当时她的倒影
还留在玉竹坪的小溪里

刺　藤

深夜马路上几辆"鬼火"摩托驶过
您坐在沙发一角，像一页剪影
微笑地听我们交谈
又消失不见

我紧闭双眼
明白这不过又是梦
想起您最后的日子
不在玉竹坪雕花的架子床上
县城柔软的床垫
您轻飘飘的身体已不会使时光下沉半分

窗外路灯晃眼
和您从甘塘角走路回家那天
雪白太阳下我们的影子越来越小
伴随着沉重的呼吸，缓慢的步伐
您偶尔转头看我，淡淡的微笑

到底还要走多久，我反复问您
到底还要走多久，才能走到那一年
前坪枣树下

弟弟从鸡鸭中争抢出路

您举着一把刺藤

一口气从梦里追到清水塘对面

我的窗

我在乡下的房间
有一扇小小的窗
蓝色木质边框，玻璃有些模糊
每推开一次
风景就会有所变化

我常往这画框里投放孤独
窗外的槐树茂盛
有鸟在树上呢喃
又争吵着飞走
偶尔也有回赠——
枝条托住一轮明月，伸进窗台

下雪时我也打开
看画框里的枝条被逐渐压低
直到互相无法承受
分开的声响总是巨大的
我的窗也在颤动

离开玉竹坪后
我的每一间房子都有一扇窗

大多数对应的

是另一扇窗

重　逢

冬茅草高举白色火焰
照亮玉竹坪的秋天
细长的秆上悬着小小的穗
苍老的头颅仍有高蹈的心

这只是冬季来临前
一次小规模的白头
比大雁更浅淡的蓝天张开双翅
迅速向远处飞去
那最远处，是谁的故乡

扯断一根冬茅草
在手中旋转
白发纷飞
风更大了，冬茅草俯下身
路那头有人直起身

我渴望即将迎面而来的，是我玉竹坪的故人
那人却在前面十字路口
拐向了另一边

归 还

起初是一片田园
遍地的青草嫩绿的绒毛
孩子们放风筝，牛羊和鸡鸭鹅狗都有去处
先砍掉房子，再砍掉树，最后砍掉山
钢筋和水泥像雪，覆盖一切
草绿色罩网的主体每天都长高一些
黄色塔吊直指蓝天
烟囱放倒，整座村庄的炊烟随即放倒

吊车接着运来许多树
水土不服的那些，被贴心地挂上营养液
樱花、海棠、桂树，香气时刻笼罩整个小区
蝴蝶和蜻蜓也顺带运来
儿童游乐设施运来时
据说随后将运来万吨欢笑
他们忙着签订合同
许多新的住户搬来，与旧的主人一起
在每天傍晚，点亮各自的灯盏

一些人失去
一些人得到

据说他们归还了一切
据说还将为孩子们
归还一个故乡

证　据

红砖柱子上的指纹

已经长大几十年

常年漏水的墙壁，涂画的内容斑驳

雨水反复冲刷前坪留下的脚印

枣树曾给过多少甜蜜

砍掉后在灶膛燃尽一生

石板路上可以跳绳

现在是水泥马路的一部分

对面小伙伴去了长沙

我们在田野中搭建草垛宫殿

为对方带上芍子花皇冠

穿过院子拐弯那家的小伙伴

曾因分她半块月饼流下眼泪

那时她的母亲在外打工

现在她不知在哪

再无法为我在玉竹坪的日子背书

多少熟悉的人陆续离开

如何找到在玉竹坪留下的证据

确认我就是

当初扎着两只小辫的那个姑娘

线索在一张黑白照片上

越来越模糊

千斤重

开关啪嗒一声
光被吸顶灯收回
五岁的女儿环拥住我的手臂
抱得那么紧
她每周回来一次的母亲

夜那么静
在七十公里外的城市好像也能听见
蛙声在田野
虫鸣在草丛
隔壁四奶晚上挑水
水桶咯吱咯吱走过窗前
那时我也五岁
在掉了漆的木架子床上，等我的母亲

上眼皮已千斤重
房门却还是未响

黄　花

"萱草，食之令人好快乐，
忘忧思，故曰忘忧草。"
《博物志》的口吻
像是我在玉竹坪的乡人
上午出门，戴好斗笠背上背篓
脚步声像夏天阵雨密集
他们要赶在花开前收工

黄花地里身影绰绰
他们双手翻飞
轻轻一掰再往后一扔
不用回头，多年的操练
可以让每一朵黄花
从枝头到背篓的抛物线接近完美

采摘只是序曲
蒸黄花才是工序的关键
然后接连几个好太阳
才是品质的保证
而食之令我的玉竹坪乡人
好欢乐，忘忧思

并不取决于《博物志》

只取决于一个好价钱

冬天的小院

再次经过五奶的小院
我们和竹篱笆
三方保持无约定的沉默
阳光的拂尘沿屋脊一路轻扫
落在香樟树下
落在空地里
落在灰色的长袖上

五奶拄着锄头把
一个人望向虚空
在冬季难得的阳光中
仿佛获得了片刻暖意
看不出她要种什么
年少的我也不知道如何开口问
而她的影子此时
又拉长了些
又加重了些

暮春之夜

这是暮春最好的时辰
月光为院子披上白纱
槐树重复着百年苍翠
光影重新划分石板路上的间隔

堂屋里乐声嘈杂，吸引着孩子们
他们叽叽喳喳小声讨论
戴着黑纱的玉奶的照片
又为和尚拉长的语调大笑
招惹来作揖的大人们频频警告的眼神

这一批烟花燃烧不够充分
爆响时断时起，几缕青烟
在空中划出虚弱的线条
玉爹佝偻着走过槐树的阴影
逐个将烟花筒踩灭

一口老酒

就喜欢喝酒
年轻时挑着货担走南闯北
暮色装进壶里
一口气全干了
群星一起往前赶
离家也就不远了

走不动了
桌上一个酒杯
菜上齐，酒也跟着斟满
只聊老家后院的桃
有一年孙儿们没吃着
都被院子里的小孩偷走了
除此以外，这世间令人忧愁的事
随酒吞进肚子里
笑在脸上溢出来

九十八岁
在无边的浓夜里走了那么久
他睁开眼睛对儿子说
走不动啦，给我一杯酒
我好脚步轻快些

天亮之前

转过一道弯，再转一道弯
离高处的山坡还有一程
紧赶慢赶，要赶在天亮之前到达
不然又要再等一天

天空还在沉睡，偶尔微撩着眼帘
月在云中时隐时现
近处的茅草是倒是伏，看不真切
稍远处的小树更远处是群山自在地躺卧
听不见鼾声却扰得虫鸣

极力眺望
试图从薄雾中找出村庄的轮廓
风把云推动了些，天色逐渐清明
月隐入云中
咸蛋黄破壳而出
万物慢慢现出了本来

我们在黑夜里走了这许久
不过是想在天亮之前到达黎明的故乡

一盏灯对应一个人

海拔升高的时候
心跳会抑制不住地加快
升到一定高度
会停下来歇歇脚
看看从前那满山的树又长高了多少

然后开始下坡，一片竹林踮脚在望
谁也不知道已在地下风尘仆仆走了多远
竹林掩映下
木栅栏守住几棵树，和一群鸡鸭几只猫狗
守不住炊烟袅袅半空招手

继续往前走，暮色渐浓
脚步声越来越清晰可闻
数十间房屋，灯先后点亮
饭桌上，已经摆好了碗筷
灯一如往常越来越亮

每一盏灯都对应一个人
灯下有人在喊有人回家
脚步再加快些

只需再赶一程

一盏灯就可找出我熟悉的影子

捡　瓦

湛蓝穹顶下
几只麻雀往返飞
两个捡瓦匠，一老一少
停在青灰色屋顶上

趁这大好的晴天
要把所有瓦片，逐张查看
好的先放一边
坏的抽出扔掉，添上新瓦
排列组合一个新的屋顶
才能稳稳地接住每个雨天

父亲在厨房
我站在院子里
年老的匠人眼睛始终在瓦片上
年轻的匠人时不时看看天

晒谷子

老人坐在别墅门口台阶上
脚下是他金黄色的海
用倚在门口的扁担和箩筐一担一担挑过来的
这满坪的稻谷

他抬头看天
偶尔用竹耙翻动一下
接连秋雨后的晴日略显混沌
但总算有些热力

晒谷子老人还是老章法
和十年前住在红砖房
再之前住在土砖屋一样
除了抬头看看天
他只偶尔翻动面前的这片海

钟表店

一个老式座钟
坐在钟表店
大部分是停摆的
小部分开门、修理、关门

店面临街
很容易找到
行人来去，行色匆匆
更匆匆的是
或长或短的喇叭声声

急不来的，过几天再来拿
我发现不慌不忙的老式座钟
并不是停摆
而是在慢慢收藏
多到令人羡慕的时间

辑二　为折旧的少年歌

一小片空地

乡村的春天饱和度如此之高
冲破浓郁的绿色回到玉竹坪我全身是汗
玉兰花环拥的清水塘前
老屋被修饰，贴上了深蓝色墙砖
屋前不再适合跑跳
方砖围成各种花圃
在一片月见草的旁边
奶奶，您和我漫无目的地交谈
还有一小片空地
您说，那里可以种点黄芪
到时你带去，常喝黄芪提气

奶奶，这个春天我充满沮丧
命运的风从四个方向吹来
不停歇地推搡和阻拦
那一片空地还在
我现在该种些什么

值日生

天突然昏暗

潮湿的水汽浸透云层

尘灰装满天空的肺叶

一种熟悉的感觉驱动双手

交叠捂住口鼻

那时的值日生

在放学后拖动桌椅

浇过水的地面昏暗

竹扫把挥动

和潮湿的灰尘一起，我们

四散逃走

此刻再无人挥动扫把

只能眼看着轰隆隆喊声过后

一瓢水从中年当头浇下

现在我种郁金香

下雪的一天
三颗种球紧裹单薄褐衣
从江苏迁徙到湖南
定居在桌上的玻璃瓶内

随寄而来的小石子
轻轻托举着
种球与水的关系
或深或浅或远或近
顽强向上的蓬勃绿色
招人怜爱

越过郁金香欲开未开的头顶
看到有一块金银花地
那年我在玉竹坪天天等待
爷爷说了
我虽然不会种
但我可以圈定开得最好的那一枝

那个或这个女孩

沿山路前后地走

分不清是暮春还是初夏

设计师为骑行者贴心地划出自行车道

从始至终只有我和你从上面走过

沉重的脚步踩得落叶大呼小叫

一路共同讨论一个亲密的人

但不限于此，还有婚姻、女性及其他

这个女孩走在我前面

始终垂头丧气

偶尔的激昂只为辅助控诉

当你转身裙裾展开如同生活的漩涡

我想起多年前的一次见面

夏天快要结束

在城郊的旧火车站

你祝福我即将举行的婚礼

唉，旧时光实在美好

那时兴奋说出口的，此刻只有沉默

可是

那个女孩，多么轻盈的女孩

菜麦豆

才看过的油菜花就要谢了
日子总是这样闪亮又容易被厌弃
油菜花旁的菜麦豆开始成熟
悄悄露出两头尖尖的角
用月牙来形容它们的样子实在老套
但味道确实是这样
我肯定月牙也是清甜又爽脆

在此之前我没吃过生菜麦豆
这足以作为一道幽深的生活鸿沟
去河边的土路上它们如此茂盛
伸出路面挡住我的去向
听河水哗啦啦流过
我经过的你们也未必会经过

世界末日

下大雨时正在窗边将指甲涂红
这独处的时间令我放松
暴雨的声响像是端坐在瀑布之中
急促的流动触上时间的礁石
将我阻碍在相似的下午

摘取凤仙花的女孩们
讨论关于世界末日的传说
天真的头脑无法想象
如果不能再拥有鲜亮的指甲
和父亲从上海带回来的布娃娃

下坠的激流冲过礁石向下流动
如果所有困境不过是眼前一黑
睁开眼又是新的一天
红指甲遥遥举在空中
像一束凤仙花始终保持风度

雨　后

雨想给一个枯坐已久的人，带来一些动静
它不停拍打着窗户像陌生来电
你不接，他也不挂
你不清楚电话那边的样子
却感觉到满含危险的深情

雨下得很急
密集的雨声让寂静更加具体
雨脚是如此耐心的一种
缓慢地将每一滴雨走成时间的计量单位
让没有时钟的房子，拥有了满溢的时间
偶尔一声间隔后，很久才是另一声
更像是别有深意的安排

雨一直没有停，但开始有变化
其中一些雨，下到别处去了
这空闲让想象力失去界限
刚从教学楼出来的那个少年
雨滴一样从台阶跃下
没有打伞，踢着一根啃光的玉米棒
从解放路到八一路口

回忆总是让人潮湿

雨后你就更重了些

安全带

到了这个时候
已经对命运的多数安排表示甘愿
当它以一条黑色弹力带的形式
从左肩滑过，再拉紧
不过是又开始一场或长或短的流放

如果遇到一个长且陡的下坡
还是会紧张得握紧方向盘
被束缚在高空的少年每一次失重
睁开眼睛
过山车正向大地俯冲
但那总是暂时的，转瞬又往高处驶去

速度太快了
孩子在梦中翻身
拉过我的手搭在她腰上
"安全带要系好"
她喃喃着，抓紧一截拉伸后的黑色弹力带

滑草场

长在这里的蒲公英
是幸福的
派出的伞兵将有足够的高度
进行到谷底的滑翔训练
为青草送去绒毛帽子
或扎下根，成为另一株幸福

等风来
或等一个放牧的孩子来
高远的天空云雾模糊
低处的土地清晰可辨
三面青山垂下年迈的头颅
凝视着属于它们的深渊

蒲公英马上要到达
绿色大碗的底部
碗里装满茂盛的绿
牛的棕，羊的白和追逐打闹的
孩子们的透明
当悬浮的夜色向碗里倾倒
星星摇头晃脑地吟唱，并狡黠地眨着眼睛

必定有一个不愿回家的少年
双手为枕
正在书中江湖仗剑远行

今天发动演练的
是路旁中年人中的一个
他鼓动身体里几十年前的那个孩子
专心训练伞兵
另外的中年人，伸长胳膊正指向绿色深处
热烈讨论如何为即将到来的晚年
建造一个
瞬间回到童年的滑草场

春天的羊骨头

走到一处缓坡上的松林时
日光慢慢追了上来
要为这个慵懒的春天打上滤镜
好让所见之人
看上去都在幸福之中

松树如垂垂老妪
驮着一生无从计算的辛苦
树下油菜花地里老人们正在耕作
并倾心交谈
青春在语言里回光返照

我希望他们能多说说关于年轻
关于春天的事
就像此刻我突然想说说
小学第一次野炊，也是在这片松林
突然看见一堆羊骨头
回到家
心还在怦怦跳

第七个太阳日

下午
才把郁金香搬上阳台
终日忙碌
已忘记友人随寄而来的叮嘱
先要阴藏，三四日后见见太阳

阳光依然很好
像对过去种种作出补偿
天也很蓝，让人觉得万物仍有商量
这棵植物管好了自己
胎发般柔软的根须
抓住白色沙砾
修长的叶子从种球不断抽身
花影曲折
有些难以琢磨

多么美好
那也是我至今从未枯萎的部分

奶奶阴生那天

有雨将临未临

弟弟细心查看堂屋的烧纸
提议先绕着院子散散步
再等等吧，让它燃尽
此去又是一年

门外无月，轻风盈满胸腔
见旧事物如见故人
都朝向衰老狂奔
石头垒成的塘堤缺口
院子缩小大半
八九户人家，相互追撵的伙伴不知所踪
屋后荒废的白术
已成时间的遗物

像从前一样，我们决定往更远处去
稻田仍有蛙鸣
还领回了萤火虫的灯盏

有雨将临未临

有人似走又留

一如若即若离的玉竹坪

盛夏的冰棍

黄狗吐舌，蝉鸣聒噪
我坐在长凳上
耐心等待
卖冰棍的男子从稻田那边过来
单车的轮辐闪闪发光

白色泡沫箱周围瞬间挤满小伙伴
瘦小的我总是被挤出包围
又第一个将冰棍高高举起
爷爷递过带着苦味的零钱
转过身
又去翻晒他的宝贝药材

追　风

那时在小镇的街头
他们径直冲过来，快要贴近时
又熟练地调转方向
剩我独自在身后怅望

许多事在风中无声地改变
但没有改变我不会骑单车这个事实
总有一些人天生缺乏平衡能力
如今面对生活我依然如此

风也会保留一些回忆
一辆三轮车冲下长坡
弟弟在车斗里欢呼
中药材撒了一地
父亲大喊着，沿着药味的线索一路猛追

假想敌之一

他出现在初冬的一个午后
母亲述说胜利时哈出的雾气里
同一个院子同校不同班的陌生人
他的母亲刚从期末成绩的比较中
代表儿子输在我的手里

某某考了多少分
每次考试后母亲关切集中一点
所幸大部分时候
我会带来令人振奋的好消息
能基本抵消
偶尔落败时她满脸失望

两人的比拼以我考上重点高中
而一锤定音
没有同校，又搬了家
二十多年来再无交集

红薯还在火灰里

竹叶虫准点滚落到
穿过竹林
去田间送水的右手上

四脚蛇特意
在杂草丛生的田埂
等红色塑料凉鞋

跌进泥田里
蚂蟥闻风而来
小腿肚子颤抖如筛糠

一路上
越害怕的，越逃不过
但是红薯还在
白色的火灰里

一棵枣树

我说的是
玉竹坪老刘家门口，池塘边那棵
如果它也会甩掉脚上的泥土
来到小区楼下空地
晚霞是否还会在树上挂红色的果子
一根竹竿搅乱绿叶中的宇宙
无数星球坠落
唇齿间，甜蜜的味道

那天我们绕着池塘不停地走
我说那里曾有过一棵枣树
执竿少年拾起一块小片石
瞟一眼那块空地
早已愈合的泥土上是零星野花
好像是有过一棵，他说
小片石擦过水面跳了几步
轻轻沉入水底

玉竹坪的盲目信任

我站在秋天的一棵大槐树下
仰着头，伸出双手
10 岁的眼睛始终望着树杈
7 岁的弟弟在头顶的绿叶里
正收获天高气爽的一场酣睡

如果此刻翻身，他会看见我
紧张到滑稽的表情
但只有风轻轻翻动树叶
短短的黑发时隐时现
此外便是静静的鸟鸣

离开玉竹坪这么久了
我还记得那天日光渐渐被风吹灭
还庆幸如今我们
仍葆有这盲目的彼此信任

少年游

她在山间游荡
放学前就约好的后山论剑
同学又一次爽约
市场精心挑选的一把木剑
只能用来挥砍茅草、刺藤和苍耳
以及悬浮在意念中
一切挡路的事物

玉女剑法、华山剑法、清风十三式
语文课本遮挡下偷记的武功绝学
正好在这人静时习练
巨石上的黑鸟轻功过人
瞬间升上半空
数十年后也是这样
面对虚空的生活
拼尽全力，为折旧的少年而歌唱
却无处使劲
频频露出破绽

圆月缓慢爬上对面的学校楼顶
笨拙似班主任敦实的身影

少年收剑垂立于百米山巅
月光温柔地粉饰她的一腔孤勇

穿堂风

对于生活黏腻的本质
我早有感受
苍穹之下，一顶草帽之上
当我稚嫩的手先于爬虫抵达一枝黄花
它以黏液表示率先占领

黄花一篓进账一块
摘一枝黄花就有一分奖励
在正午的黄花地里来来回回
玉竹坪此时也有穿堂风
奶奶在竹椅上不紧不慢地摇着蒲扇

从前的泡桐花

泡桐花盛开如此安静
当我走近那座废弃的祠堂
一个人从玉竹坪去外婆家
到这里日光就陪我走了一半

姨妈曾在日落时分
告诉我围墙里幽深的故事
但现在为时尚早
高悬的光在所见之物上披挂
所见之物都有着暗藏的一面

踩破的雪白
有幽香暗生
塑料袋里的苹果
撞击我的小腿
像一阵脚步声追赶我的脚步声
一朵从前的泡桐花又悄无声息地落下

挑

双手在米堆游走

藏匿其中的沙子或发黑的碎米

偶尔还有令人厌弃却不得不面对的

一粒老鼠屎

我乐于这样的游戏

找出错误并摒弃

不需要任何犹豫

一阵沸腾的浓香后

铁鼎锅里的米汤还会奖赏给勤劳的人

女儿听我说起艳羡不已

如今锅里全是明晃晃的大米

稚嫩的双手和敏锐的眼睛

再怎么挑

也挑不出一个玉竹坪的童年

指　法

草莓味牙膏泡泡正在自我消亡
孩子关上古铜色水龙头
吐出她新学会的专业术语——指法

我是琴
你可以在我身上试试指法
看看会发出什么声音
话的尾音是一阵朗笑
她已亲手拨动自己的弦

朗笑也曾随弦月从筐箩山一路回家
六岁的玉竹坪没有琴音
但母亲会反复强调
不要用手指着月亮，这古老的法则

摘星星的人

台下陷入一片黑暗时
台上的星星就亮了
每个孩子手执两颗
音乐响起，按下开关左右晃动
幼儿园老师教会的
摘星星的简单方法

这么高的星星
上上下下，左左右右
有时好像还撞到了一起
在玉竹坪后山上
我与满天星星泡在浓稠的夜里
却有着人到中年
遥不可及的寂静

堂屋里的等待

堂屋最宽敞是现在
墙角四条长凳，布满灰尘。
最拥挤是小学五年级夏天
新做的两具棺木盛满黑色的未知
整个暑假反复在我的梦中轰然打开
溢出迷雾

这是爷爷奶奶未来的栖身之所
他们提起一脸平淡
爷爷每天下地，暮色中他的身影强悍
奶奶尚有余力，还可追着弟弟绕塘三圈

棺木平心静气地等待
一块透明塑料布覆盖在黑色的平静上
阴雨或太阳过于猛烈的日子
爷爷奶奶把装药材的竹匾也放在上面
直到某天竹匾移走
某天塑料布揭开
迷雾一一散尽
堂屋归于寂静

十 年

看见青灰色的瓦檐
叫出声来的
是少年的蓬勃
坐绿皮火车到一个地方
到底比自己开车更多些快乐

十年后再来到凤凰
并没有多少感怀或者沉重
只是那时我们走石板路，泛舟
为小船急流而下溅起的浪花大声尖叫
现在我们在河的中游
叫船夫停下
买一坛自酿的米酒

高铁与绿皮火车

那些一闪而过的窗口里
那些花格子衬衫、藏青色小西装
或是素色 T 恤、低腰裙
以相同的姿势低头
向手机致千里之敬

我与陌生的对桌
开始交谈
苹果与香蕉也开始不等价互换
窗外还有人
刚从站台拼命挥手
又追着跑了起来
一直跑到一场老电影里

某些云

云是乡村的
人也是乡村的
爬到山顶上看云，云也不会更近些
游在水塘中看云，云也不会更远些
躺在田坳里看云，云也不会更软些
真的怀疑云是否改变过
总是高高在上，冷冷地看云下的人
只在某些特别的时候
才感觉云的热情
比如傍晚开车下一个急坡
像突然冲进云的怀抱
只在某些特别的时候
才感觉云的慌张
比如高铁从村庄急速而过
吓了云一跳

用叶子写信

写信给你不拘时节
窗外的玉兰树非常慷慨
绿色的叶子先写
黄色的叶子跟上
反正少年的心事没有冬天

只是每次返校总要按捺住问询的冲动
是长大的玉兰叶子过于高高在上
还是年少的你们都不知道
心事写在上面
十分环保
而且，可随风飘

同桌的雪

一副粉色皮手套
妈妈专门买来给我打雪仗
上课铃响
谁把田野里的一块冰
搬来课桌里和我一起上课
并在被点名朗读课文后
湿透了我的裤脚

八岁那年的雪很大
大到雪下面的田野里还藏着厚厚的冰
那一块浸湿我童年的冰还在
而同桌的雪已化

回 转

一大片金黄中
穿过一声啼啭——等等我啊
三个少年冲出画面
粉红衣衫落后，黑衣的两个在前

那你快点骑啊
来追我呀
三辆自行车从面前跑过
一个中年人
在路边的田埂上坐下

如此遥远
在这个秋天
他要等他们掉头回来

辑三　桂子从云中坠落

挖机轰鸣时

河对面的挖机日夜不停
每天挖出一片黎明，又亲手埋葬它
不绝的突突声让九月稀松平常的日子
紧张得像一场小型战争
被占领的是稀散的农居、田地
和一些荒草、蜻蜓
那是一些人的童年

秋天已经来了，依然热着
我在空调制造的秋意里读米沃什
"我不羡慕任何人"
翻到这一页时偶然抬头
深蓝色丝绒窗帘半掩的明亮里
一些尘埃正朝我涌来
"如此幸福的一天"
过去属于我的日子
像是还有回转的余地

晃荡的村庄

卖金鱼的人收摊了
把剩下的金鱼和剩下的晚霞
用一个个透明塑料袋装着
挂在自行车后的架子上

生意不太好
塑料袋高高低低挂了四层
像依山而居的一个小村庄
金鱼在各自简朴窄小的家中
自在游弋

卖金鱼的人用力一蹬
自行车猛地往前蹿了一大步
整个村庄都在晃荡

母亲的半径

孩子还没学到这一课
尝试从书中找到"半径"的含义
连接圆心到圆周任意一点的线段
或其中任何一段的长度
她只盼望我从她的圆心出发
到达单位这圆周上的一点，再即刻返回

清晨六点从邵阳开始计算
两人洗漱完毕再送到学校
连跑带喘还能不能登上
七点三十二分准时出发的车厢
高铁拉长的鸣声填满这线段，终点是邵东站
下班后再从圆周回到圆心

前面还有许多站
曾身心轻盈，踏上一列列绿皮火车
摇晃的车厢波浪形的线段，跳跃前行
由湖南穿过广东，从湖南到达湖北
耳机里许巍的《旅行》一直没变
曾在车厢接驳处站立十几个小时
为我忽明忽暗的青春

自孩子的第一声啼哭开始

母亲的半径由她划定

黄　昏

阳光柔软的日子是好的
有水的地方铺满白银
最贫穷的人也可以看上去富有
平凡的事物都打着追光

在湖边走过的人们是移动的光源
阴影被自己踩在脚下
中年女人和少女擦肩而过
此刻她们看上去都有着蓬勃的未来

光慢慢清空蓄电池
发出大幕即将落下的警报
天空向黑夜交接
曾经爱过的人会理解，最绝望也是
最美的一刻

我的孩子在走花路

我的孩子穿着花衣裳
T恤上择取了最甜蜜的春天
花刚开放，叶在生长，昆虫也正年轻
这是她的母亲能够给她的
现在她戴着粉色头盔
正骑过一排樱花树

树木远比人类有童心
更爱春天里的这个孩子
为博她一笑
不断将花瓣投下

我的孩子在走花路
这是尘世能够给她的
让她在世间逐渐冷静的母亲
多少感到安慰
每一朵飘落
她都踩一下刹车
收集到车前的篮子里
带到她想去的地方

碎片或其他

水培的郁金香
在办公室的嘈杂里
无声向我倾斜
请我看看，刚开的深紫色花朵
皱缩成衰老子宫的叶
正在腐烂的根

友人告诉我
水培的花卉只有这一生
盛开几乎等同死亡
这是我所不常见的一种生活
那些能折射炫目光彩的生活

走廊抬着玻璃走过来的两个人
一路小心闪避
闪避着生活的碎片或其他

秋天的偏爱

烤栗子总在烤红薯的一侧
天凉了，它们一起窝在秋风里
在人世间相互温暖
更爱烤栗子
小小的温香引诱，绑缚你的脚步
停在铺满香樟叶的长凳上

每一个秋天
我都偏爱这样的时刻
在栗子顶部轻轻一按
饱满金黄的果实朝你呼着热气
捧着纸袋起身漫走，同样美好
像是抱拥着触手可及的幸福
一直走下去

剧　终

在世间的另一处
我找到了安居之所
木的房子，木的窗，木的床
在一棵千年银杏树下

我坐在门前黄金的台阶上
等你从山那边走过来

追　光

有多少的雨夜
就赠予我们多久的晴天
这个冬日有着上好的阳光

小女孩与我，坐在飘窗上
她捕捉我脸上的光与黑暗
追赶着手机摄像头折射在衣柜上的光斑
我垂着头看楼下的小河
在它的最远处，也有光在闪动

夜 谈

上班在一地
家在另一地
年休假才有时间和孩子长聚
每晚她都说
妈妈，讲一个你小时候的故事吧
于是每个夜里
我都要跨过漫天星子回忆自己

那个和你年龄相仿的孩子
比你调皮捣蛋得多
想来想去
大都不太适合告诉你
只有拼命搜寻
才能确保在这九天里
每晚都送一个最好的妈妈给你

带女儿出门

做孩子真好啊
那些陌生人
即便并不爱她
也对她报以
非常善意的微笑

那时的爱情

我们坐在公共汽车的后座
路途遥远，格外颠簸
我的头垂在你的肩膀
一次急刹车中你揽住我
爱情刚刚跃出水面

马达轰鸣，乘客拥挤
大嫂带着吵闹的孩子下了车
挑箩筐的老人沉默地走上来
和大多数人一样
我们难免在漫长的摇摆中小睡一阵
最后手握梦境般怅然

模　仿

孩子抱着我

手轻轻拍着

我知道，她在努力模仿一个母亲

并在心中暗暗哼唱着

在长夜里我常常哼的那首歌

那时她还小，一闪一闪亮晶晶的星星

闭上眼睛

把世界暂且放下

但模仿一个婴儿甜蜜的睡眠

并不容易

造月亮的人

整个下午
我们都在西苑公园的湖边
造美丽的泡泡
把它们吹向湖面

刚造出的泡泡多么圆满
仿佛手持一枚铜镜
微笑地端详自己的影子
树枝和草地

每一次升起或落下
孩子的尖叫波浪般起伏
又屏声静气
一个个破灭了
一个个重新开始
整个下午
湖边有两个造月亮的人

所　爱

下班有些晚
小区旁还有家地摊没收
一个老人站着
几个土豆躺在地上
还有西红柿、鸡蛋、苹果
切开的半个西瓜
有些萎了的青菜
或蹲或靠或坐

我挑了土豆、青菜、苹果
土豆是女儿所爱
青菜是自己所爱
苹果是共同所爱

其余各有所爱
各自认领

拔 河

左手右手轮换
从指尖、手腕、手肘到手臂、肩膀
一步一步往前拉
五岁的孩子明确
我的左手就是一根绳子
她就是在拔河
可以将妈妈越拉越近，越拉越紧

她拉得微微出汗
她拔掉了我鬓边一根白发

五岁的哲学

白米饭不吃
捏成兔子饭团长长耳朵最可爱
面包不吃
对半切开做成三明治才好吃

关于生活
五岁的孩子自有她的哲学
如何更愉快地处理现实
她颇有心得

自　由

鱼鳞般的白云
缓慢地游动
天空是一尾巨大的鱼

这蓝蓝的
无比辽阔的天空
鸟不知疲倦地飞
风怎么也吹不到边界
是一片叶也好啊
有风四处都可去

这世上最被桎梏的鱼
没有它能遨游的海洋

妈　妈

半天的谈笑风生几乎
让我们以为
这只是几个年轻女孩的聚会
朋友几次兴奋地从沙发跃起
青春在球门擦过
或许还能被她捡起
再次任性地踢向更远处

那个孩子笑着跑过来
一声妈妈轻易地击中她
灯下朋友上扬的眼角线索明显
这命运的绳结
这甘心的自缚

小饮记

昨天青梅，今日桃花
举杯吧，借用几分东坡的豪气
真正的热闹
此刻属于此刻的我们

那些少年的事
还有诗歌、小说，以及所谓人生和命运
飞在云端或困于地面的
频频举杯时
互赠几分酡色

请再饮一杯
当现实来临时
我们早已沉醉

一轮明月

爱画画的小姑娘画了她最爱的世界
天蓝得纯粹
地绿得纯粹
高高低低的花丛中
是一个小姑娘，眼睛笑得弯弯

我把杯盖随意一放
又赶紧拿开
仍不小心在纸上浸染出一个圆
孩子眼睛笑得弯弯
没关系的，妈妈
这样我画的小姑娘就住在月亮里了

我张开双臂
不自觉地也拢成一轮明月

相　识

那天，阳光猛烈
我们在一条路上走，两旁是茂盛的松林
我们说着话
用手机扫一扫，与不知名的植物相识
鼠尾草、马缨丹、苍耳……
无人机拍下我们的样子
和我们的影子

彼时我们和照片一样年轻
我们指着影子
轻松地辨认出彼此

等

下午四点到四点半
我一直站在幼儿园门口的桂花树下
等五岁的女儿放学
九月的桂子从云中坠落
醇香笼住了焦急等待着的一张张脸

孩子们陆续从楼上下来
一个拉着前面一个的衣角
妈妈，妈妈
一个孩子看见自己的妈妈，大喊

妈妈，妈妈
其他孩子也跟着一齐喊
所有越过校门张望的脸
都笑了

我也笑着
在等我专属的那一声

叶在春天落下

我到时，一阵春风刚好也到了
路边的香樟树禁不住摇晃
满地的落叶又厚了几分
并以憔悴的纹路，枯黄的脸色
和微蜷的躯干
准确地模拟着秋叶

特意穿上那条浅绿色长裙
为这个明媚的春日
新皮鞋踩踏落叶发出的咔咔声
让我想起长时间没与你对话
突然想开口时堵住喉咙的干涩
让我想起出门
也许只是为了看看这种在春天就会落叶的树
就该在此时落叶的树

我　爱

我爱从飞驰的车里
看后视镜中越走越长的路
看它裹挟着夕阳
义无反顾地奔向渐黑的夜里

把云朵带走吧
把晚霞带走吧
刚冒头的星星也可以带走
当无边灯火在高架桥燃起
我一个人，在这人间继续飞驰

飞起来

都说你不像我
精巧的鼻子，美丽的眼睛
我没有的
天马行空，有些任性
你没有的

但你跑起来
从山坡往下跑
大笑着
风鼓动白色裙子带着你飞起来时
像我
像极了某个时候的我

黄金计划

酒杯应该斟满

安慰衰老的皮囊和内脏

多喝不限，少饮更佳

想起十八岁那年要徒手摘星辰

应该是醉得刚刚好

就在二楼阳台晒太阳

书翻到哪就是哪

反正老眼昏花，记忆衰退

若不提醒，看到哪就忘到哪

经常走的路两边

银杏树必须栽满

想要一个浮夸的结局

任谁也守不住的满树黄金，将一切彻底淹没

炉火要烧得很旺

漫天大雪才能堕落得心安理得

坐壶开水，及时添柴

窗未关严又如何，落在头上不过是霜上加雪

感觉有些冷

睁开眼睛，拉紧被子

关于黄金计划

这次的设计，我最满意

等一趟开往邵东的高铁

一早出发
在湘潭北站，等一趟开往邵东的高铁
孩子一刻也不肯闲
先凝神看了半天进站的旅客
棉花糖一样软糯的小脸不停转
后来假装刚溜达过来
举手招呼
嗨，妈妈，好巧啊你也在这里

那一瞬，我差点没忍住问她
当初从她的星球出发
等一趟开往邵东的高铁来见我时
是不是也准备这样对我说？

沉

几年前抱着你
像从天边采摘了一朵新生的白云
一口气上六楼

现在我抱着你
步履沉重，像乌云灌满了雨水
你说脚快点好起来就好了
妈妈抱着我太沉了

不是的，孩子
我的沉
并不包括你

在风中只能大声说话

常去的那个地方
狭长的溪流是丢给我的一节绳索
拉扯着往前走
会看到小小的水库
再往深处是废弃的村庄
能扎根的留下，有脚的已经离开

总有风从山坳吹过
又拨开树叶往远处走
像我此刻，拉扯着裤脚
拒绝一丛苍耳的纠缠

真喜欢那里啊
在风中只能大声说话
还要贴着耳朵
真喜欢那里啊
在风中只能贴着耳朵
还要大声说话

一起走

一切用的是倒叙的手法
我首先见证的是你的苍老
旅途太远了，而我疾步如飞
从高处往下望
负重的你折射无数太阳光亮
那光亮来自你丢失的湿润的部分

往下走
这人生的长路自带加速度
我们滑行至半山腰
再到山底
再到阳光也隐去它的影子

此刻，你的影子——
逐渐清晰，厚重却又轻盈
它来自肉体
远高于灵魂

一小块阳光

择一林间空地
阳光能照到就好
在这一小块阳光里
聊一些沉重的话题

离开的时候就不带走了
相信这一小块阳光会替我妥善保存
我只需拍打沾衣的飞絮
然后轻轻地离开

夜　风

路的两边
伸出的枝丫和茅草在疯狂奔跑
车灯只能承包一小块区域
看不到池塘
鱼的躁动却在气流中清晰可闻

远山仿佛才有的形状
逼真地模拟着海浪的曲线
山上的云拼命维持住姿态
仍有几片去了更远处

打开车窗
伸出手去与它对抗
它却突然温柔起来
让我的手指分辨不出方向

她很轻

她很轻
随便就抱起来了
扑棱着手臂
像一只刚出壳的小鸟

她很轻
最重不过是
大灰狼到底有没有再回来
昨天吃的糖果哪去了

总喜欢抱着她
抱着她仿佛自己也很轻
拽着我的那些重
也都不存在了

十三日

风来了最先告诉树叶
雪来了最先告诉屋顶
只有日子来得蹑手蹑脚
只贴在耳边悄悄地说
鬓角才恰好听到
于是歌知道了
蛋糕知道了
蜡烛也知道了

但树的事情只有树最明白
一棵树来到这世上越久
就越想隐藏年轮

松林一天

已经很热了
即便在松林里
雨间或地落
太阳偶尔隐去

在松林里拍照
装作看远处的风景
装作倚在树上沉思
装作在小路上走来走去

虚构的一天
风多么真实
虫鸣多么真实
松针上轻漾的快乐多么真实

辑四　一段寂静的长路

挖机和水滴

在乡下上班的最后一个春天
对面山坡上几台挖机独臂高抬
声音的钻头
整日对我开凿
慢慢完成一座石山的分裂

我站在阳台上看它们单调地重复
橘红背景虚拟壮烈的美
倔强的钢铁战士
啃食所有坚硬的事物
太阳从蛋壳中被击碎一地

扬起、落下，直到击穿
声音越响，世界越安静
往事像水滴打在石头上
发出清澈又茫然的声音

我到仙鹅村了

一堵暗绿色的石墙
被植物枝蔓团团围住
一所学校在半山
晚自习传出低语
一个院子刚刚擦肩而过
灯渐次亮起

入夜就像一个人逐渐失明
转又获得深远的视力
一段寂静的长路后
我想告诉你
我到仙鹅村了

一朵云的孤独

上下班

经常要在高速上往来

风景总是那么几种

速度的躁动不允许我专注于

一切转瞬而过的事物

一朵孤独的云

因为高远，要慢一些

即将进入夜晚

一朵云边界模糊的那部分

是我心底的泼墨

出高速拐进

那条熟悉的无名路

一路的银杏树高举苍凉的金黄

后视镜里，一朵云已消失不见

孤独是否也可视之为

已随风飘散

陪孩子看马戏

我无法从马戏中获得快乐
年迈的动物们
一只狮子
一头老虎
被驱赶着爬上圆球
再钻过铁环
步履疲惫，并不甘心的样子
击中了同样的中年

而孩子
垂下眼睛，玩她会发光的宝剑
她在想什么
无从得知

深 陷

雪无比耐心地下坠
一整天时间
用一片覆盖另一片
直到，所有事物都深陷在它的内部

孩子在微信发来的照片上欢笑
一只手挥舞着她
终于能派上用场的小铲
（从前，她只能在小区里铲铲土）
她的笑声大过
同龄七岁去给外婆拜年路上的我
左一脚，右一脚
小腿也深陷进快乐

雪越下越大，远超过七岁那年
孩子，我暂时还不能回家
我还要到三公里之外
去安慰一个未亡人
雪越下越大，我步履蹒跚
每一步都在人世间深陷

与那村庄的关系

那村庄我反复梦到
那村庄并不是玉竹坪
山坡上百十座农居错落
我见过它的四季
青草怎样爬满山坡
白雪又怎样去接替
当然也见过它晨昏的变化
白云在屋顶翻滚
星月之夜，满山坡灯火闪烁

除了梦中，我从未想过去一次
也许是那里没有任何亲友
也许是我只喜欢与它保持
从对面的高架桥上以 120 码的速度
匆匆一瞥的关系

白色星球

头戴暗红色帽子
她耐心地站在卖棉花糖的摊位前
看白色星球一圈一圈自转
丰盈渐至明亮

真甜啊，不用尝就知道
两个小孩挤到前面
拿起棉花糖就互相追逐着
一跳一跳好像这春天的雨滴

她也举着自己这一朵
白色星球渐渐销蚀

在云南

多年后
我躺在老家院子的摇椅上
突然想起在云南
也是这样
整日整日地看天
耽误了去蝴蝶谷、泸沽湖，以及香格里拉

阳光从蓝天洒下
远处玉龙雪山碎银素净
我双脚轻蹬
民宿阳台上的摇椅
如钟摆

我在看什么呢
多年后还能想起那场景
仿佛我乘高铁，转飞机
再连夜坐绿皮火车
只为换一个角度看蓝天
只为多年后
我在老家院子
还能想起那一刻

一个人的黄昏

秋风漫卷

点燃田野的草垛

无数失去方向的舞者——

满树黄叶，漫天火灰

飘忽的轻烟

炫目到衰败

这一瞬总让我想起一生当中

那些飘摇不定的事物

和不曾刻意记住的

追逐、不甘、放弃，和偶然的获得

一只鸟飞过黄昏

一扇门的空间进入黑夜

灯火随即亮起

自有规律

每天走兴和大道，转绿汀大道
再走国道去上班
共计 25 公里
居民区、加油站、宾馆、早餐店
三岔路口
与我同向的
逆行的
在各自的既定规律里
带着残存的梦境匆匆赶着谋生的人们

一只狗撞死在路边
众车绕道而行
懒得投以多余的目光
下班返回时经过
它还在那里
像一朵白云
跌落水面便回不去了
一切自有规律
匆匆赶着谋生的人们带着残存的梦境

夜间飞行

不止一次，我乘坐飞机
在夜间飞行，或飞向夜晚
从机窗观望璀璨的灯火
那逐渐的遥远，让我感到安定

有一次
出发前星子铺满整个天空
黑夜模糊了天与地——
人间的星空在下
天空的灯火在上

当飞行的高度慢慢攀升
从天上往下看，还是人间
更亮一些

一首歌的时间

走出商场的明亮

在街角的暗光里

夏天的风吹过

人们沙堆般聚集

拨动琴弦的人还很年轻

一棵梧桐树悬挂人工的星星

她在巨大的夜色帷幕下

歌唱

时而低头时而仰首

不是笑脸也不愁云惨淡

她并不特别唱给谁听

但当对着长夜唱到

"我们忽而间说散就散"

多少人在一首歌的时间里

暗暗攥紧了手心

登 高

九月
红瓦在龟背云下陈列
晴朗的日子闪烁在掀开的屋顶
旧时的青瓦被岁月扔在一边

屋主对我驻足凝神的目光回以羞涩
"没有钱，将就用点塑料瓦算了，
不像人家，用的是琉璃瓦。"
羡慕的眼神，投向了低处

他从劳作的间歇直起身子时
我正爬上陡坡，再回头
檐下茂盛的槐树托住他的影子
此刻，我们都在人生的高处

某一片落叶

小区的树每天都在落叶
那么多的叶子堆积在树下
有谁注意到
它们在什么时候落下

天气不算坏的日子
老人们挤挤挨挨坐在树下
睁大眼睛木然地看着你
走过身仍能感受到追来的目光

更多时候
老人们盯着飘落的树叶
似乎在心里默念
其中的某一片

大雨过去

刚过去一场大雨
把云撕得稀碎
那些白色和黑色的云碰在一起
一部分描上了金线

村庄有人故去
有人在路边燃放鞭炮
黑烟阵阵制造着
人世的乌云

天空还余有一座云的峰峦
不管我的车快或慢
它不远也不近
始终保持适当距离

或许怕我看见
人所以为的厚重
靠近后也不过是羽毛堆砌
承载不住一场大雨

一分钟

离刘医生间隔七个诊室
一分钟路程
关于为什么不能直接给我结果
我一脸平静，却把一生都想到

没有问题，放心
在这短暂的一分钟后
我又开始了我漫长的一生

夹竹桃什么时候开放

春末阴雨
天幕低垂
长路如此平静
两旁的夹竹桃还在沉默
我的目光在遥遥的田野

马上就要走进黑夜
我曾为此献上节制的愉快
也曾突然后背一凉
音响放到最大仍能听见内心的巨响
一路血样的夹竹桃花
不断被车灯点亮

梦见月亮

很多月亮

用线牵着，挂在一棵树上

时间到了，就松开线让它自己飘到空中

一个准备回来了

另一个再接上

什么时候是新月

什么时候是满月

什么时候又是残月呢

根据想念的程度吧

慢慢填满，再慢慢放下

保　持

下班回家
把鞋脱在门口
趿着拖鞋从客厅到书房
再到客厅
看书喝茶到深夜
坐在阳台的月色里

月亮渐渐走进房间时
我收好椅子准备睡了
路过门口
看见上班穿的那双鞋
仍保持立正姿势

消　失

入秋后，夜夜大雨
小区的房子低矮
黑夜在白日里待了太久
疲惫地挂在屋顶
余有一片晒久了的红

一个看雨的人
看每栋楼里暖黄色的灯光都是孤灯
一辆车披着雨缓慢驶过
车头镶着两把利剑

隔壁邻居走出阳台
与转头的我对视一眼
揿灭顶灯
转身消失在消失的光里

橱窗里吃面包的老妇

一个老妇
坐在橱窗里
在我下班必经的面包店

手指微微翘着
白色塑料叉举着一只红豆小面包
放在嘴边，似吃非吃
呆呆地看着窗外
一个女孩走过
风吹动大红裙摆

老妇目不转睛地看着
此时一缕晚霞飘上橱窗
爬上她灰白，有些蓬乱的发丝
她的绿色碎花上衣
她放在手边的那一袋红豆小面包

库宗桥镇

曾多少次掠过库宗桥镇
湛蓝的天和棉花糖的云
微缩成蓝色指示牌上
四个白色大字

再往前走
是尾箱都无法装下的柔软山脉
上下起伏着扑向我
稻田扑向我，村庄扑向我
简单的街道扑向我
松散的阳光扑向我

库宗桥镇是否记得
有一天黄昏漫天的晚霞扑向我
而他正离我而去

提　醒

五星级酒店的水晶吊灯

电流嗡嗡

鲜花引路，花瓣轻摇

白色婚纱蕾丝摆尾

在丝绒地毯上摩擦

司仪的赞美热情又程式化

宾客们叙旧中夹杂着议论

小朋友游鱼般划过

跳起来争夺一只气球，爆裂随机

酒杯碰撞嘴唇，巨响即将从喉咙跌落

台上的两个人

还沉浸在一片寂静中

屏住呼吸

共同期待拥有一切幸福

台下芸芸众生中的我

还在提醒小朋友

当心气球

玉兰花开

一辆三轮车挡住我的路
在一条小巷之间
几枝广玉兰伸进围墙
挡住湛蓝的天空

鸣笛或坐在车上喊
没有人回复
走到近前
看见一个老人趴在车把上睡着了
黑色布衫和三轮车的顶棚一样老旧
满头的广玉兰开得灿烂

就让他睡一会
后面还没有车来
我又没什么急事
刚好也坐一会

无光的一夜

光从顶空消失
星星或许有，藏在黑云里准备安眠

没有路灯
人家在路的尽头
两边茂盛的树林拼命捂住风
窗里人的轻言
星星的细语
透不过来

只有我们交换双脚走动的声音
踢踢踏踏走到路的尽头
踢破了脚指头

回忆录

一段明亮一段黑暗一段明亮
八年的 S315 省道
加班返家的漫漫长路

车灯多数时候是孤单的
偶尔追逐另一个孤单，或被超

并不彻底的黑暗。一张淡黑的纸
足够大
记载我的所有
意气风发，或闭口不言
泪水装满眼眶，忍住让它不掉

现在我又借着车灯
逐字逐句地重读
我的回忆录

夕阳照在婴儿床上

老屋已经空空
一张婴儿床放在堂屋这一角
门未关，夕阳对它格外偏爱
无人再摇
床上的婴儿早已长大
只在白墙上投映出静物的影子

堂屋那一角放着别的木器
是床的另一种
老人守着漆匠
把黑色的漆刷了很多遍
夕阳也来来回回镀了好些年

要存储足够多的亮才好啊
毕竟在更深的腹地
还有时日要慢慢地摇

废　墟

一片废墟

两堵墙互相支撑着

朝外的这面不知谁写着：

祝你快乐

写的那天应该晴好

连日大雨也没有销蚀半分

没有人知道

那是什么样的故事

经过时

大都会心一笑

仿佛是自己得到了祝福

有时还会想起些什么

比如废墟上升起一座博物馆

隧　道

出差喜欢坐高铁
可以经过很多隧道
裸露在阳光下的铁轨和隧道交替
一段明亮下是绝对的暗

真喜欢这种暗啊
一暗光就跑到车厢里
影子就到了车窗上
隧道短的时候
来不及看清楚就消失了
隧道足够长
它面无表情
冷漠而疏离

每次火车从隧道中驶出
总疑心留下的不仅是影子
而身边人一脸漠然
仿佛这只是平常

台阶上

三级台阶用青石砌成
阳光再温暖
坐上去仍有些冰凉
红色塑料袋里新收的红薯
铁皮桶里几只南瓜
半新的竹篮里
不是一轮明月
只是明月轻抚过的几把菜叶

粗壮的双手交握
眯着眼睛，偶尔张望
头上仍带着月的光影
她并不叫卖
仿佛还坐在田埂上
等哪个路人
来把她的收成带走

相　遇

瘦长的巷子
上面电线凌乱
湛蓝的天空飘着白云

两个小女孩
在巷子里相互追逐
灵活地避开凸出的电表箱
摆放在墙角的自行车
以及迎面走过来的中年妇女
她一手提着刚买的青菜
一手提着鸡蛋

她们熟练地互相避让
谁也没有看我一眼

加速度

从工作的乡镇回家
18 公里，30 分钟
倘若加班到深夜更近
18 公里，20 分钟
开始有些冷了
夜锁紧它的拉链
把一切都包裹进去

会有足够的暗影和寂静
空荡的道路此刻只属于我
进城后
世界仍如此明亮
并排而立的路灯照耀我
和高楼里，平房里
他们的梦

我也有梦
当我爬上一座桥，再加速冲下去
就飞奔到我的梦里

拼　命

S315 省道
来往不息的车流中
一个老妇
要从路的这边到那边去

背弯到与天空平行
大多数时候，她只能低头看脚下的路
此刻，她艰难地扭动脖子
瞟一眼左边
再瞟一眼右边
一抓住机会，就拼命往对面跑

每台车都在拼命向前
没有人躲让
也没有人在意
这一个随时准备拼命的人
她只是需要，到对面去

旷　野

必须离家数百公里
才能看到这大片的旷野
此时季节尚好
无边的绿色下面藏着水色
稀疏的风力发电机完全静止
仿佛原本就是旷野里的几棵树
不知名的植物，默默垂着头

前排放下纱窗
以抵挡阳光的热烈
窗外一切，忽然有了水墨的质感
我乘坐的列车在铁轨上驶过
时速 303 公里
而这旷野
也跟着跑动起来

在路上

那个中年男子
灰色夹克，没有撑伞
一个人走下公共汽车
目光一直在手机上

雨不大，他用手遮住前额
突然把手机塞进口袋
快跑着朝那辆公共汽车大喊
大约喊的是
停一下——
还有一句
我的伞——

飞驰的车带走他的雨伞
他紧跟着跑了一段
似乎也骂了几声
他在雨中呆立了一会
捋了捋淋湿的头发
又看着手机继续往前走

新的生活

逝去的人不再来梦里
是否就表示，他们
已经把活着的人忘记
留在玉竹坪的起先是奶奶
现在加上爷爷

逝去的人是否更容易
开始新的生活
相陪的大多还是往日的故人
黑夜变得漫长
从半天到一整天
脚下的虫子已经爬到头顶
头顶的松针依然飘落脚下

纷纷的春雨容易打湿
我们蹲下点燃的火焰
起身后又踩过一次的土地
炊烟有些许差别地升起来

一 梦

小镇上的人们就着夕阳最后一点火
点燃人世的炊烟
饭好了，烟灭了
三三两两沿着街道散步

到哪去
擦肩而过的人们问我
我去找他
借着这最后一点光

拐过电信大楼
再往右走就可以了
直走，就在前面那个照相馆旁边
关于你的去向
他们都说得那么肯定
又相互矛盾
我走了很远
还是没找到

一梦醒
天黑了

大年三十的下午

走出门
只为买一把小葱
街道一如往常，无波澜的平直
前面裹紫色外套的中年妇女
被一条巨型犬拖着
老年男人拎着红色礼盒
匆匆跟随
赶往巨型显示屏打出的：
"新年快乐！"

我在一年尽头仅剩的绿色中
选定相对新鲜的一把
这一年尽头必不可少的点缀
返回途中
满街悬挂的大红灯笼
突然齐刷刷亮了

青　春

大群的人涌过来
像一阵风，推着我向前走
穿白色裙子
我是一朵出走的云

旷野，山峦，所到之处的光
都在飞速抛弃我
我的目光一直在
红色短袖和白色短袖的男孩之间

局部小雨

从库宗桥镇出发
疾驰四十公里
车轮劈开马路上的河
浪花飞溅

一棵正值盛年的树
展开树冠
五只鸭子，一群麻雀
在树下缩着翅膀

丢掉油门轻轻滑过
仍不可避免地
给它们带来一场
局部小雨

树　人

散步总要遇见几棵树
笔直站着，从来不因我的注视挪动半分
只是随着季节将叶子穿脱个不停
不断上长

总想如果也能像树一样，年年往上长
长到再高的房子也装不下
我该去哪
大概也只能像一棵树
立正站在禾场坪里，或者山间路旁

然后继续上长
长穿半空的云层
长到月亮的背面
长得已听不见其他任何树说话

还是别乱想了
也没见哪一棵树长上了天
一个人散步
非常适合自言自语

空 心

山路曲折向上
溪水蜿蜒向下
半山腰是一个水库
先收集雨水再收集各种树影
水库再向上有一个院子

杂草灌木树林密不透风
只能透过一声一声鸟鸣
毛马路拐了一个大弯
一栋三层麻石屋矗立面前
门窗悉数洞开
栏杆上的花鸟颜色黯淡
荒草淹没了旁边的杂屋和凌乱的猪嗷狗吠牛哞
再往前走三十几栋红砖屋炊烟全被割走
像在抬头望云 ，低头看水

半山腰的水库一边收集雨水一边收集各种树影
洞开的门窗是一个个遗弃的空
让一个路人进去多少有些胆寒
是在等待有心人来填
山脚小镇子与山上小院子之间

溪水蜿蜒向下
山路曲折向上

向春天求和

正月十八到魏家桥看花

显然不是时机

桃树没有花

梨树也没有花

漫山光秃秃的枝丫和我一起

任大雨摔打

立春已久

桃树梨树仍在自己脚下的一小块土地里

隔离着过冬

互不交谈

心里只有一个念头

一定要向春天求和

为过去我们对它准时到达的理所当然

为我们所经历的这漫长的冬天

光　阴

高速上除了车
只有远处的云
从来没有这么多云
都跑出来涌在我上头

去你那要经过很多隧道
都在云下
我数了数
一共五条

车进隧道前
手背上跳跃的是光
车在隧道里
光照不到的是阴
光和阴
你走后
只留字面意思

灵山居

白雪牌楼
青瓦为冠
拓上红色印章图案作底
灵山居几个字下有一个箭头
鲜红的颜色一再加粗
明确的指示不容经过此处的我们抗拒

水泥村道向左向右再向左
不远处的黑瓦白檐瑶家木楼选择在薄暮中隐藏
院门外高高的棕榈树
院里面矮矮的罗汉松
按捺不住纷纷跃出夜色
停在枝头的小鸟也惊了一跳

全身靠着山
全心抱着水
日月和星辰是先到山坡再到水中
或是相反
从贵州千里迢迢拆装回来的两层小楼并不在意
满院的坛罐盛满回忆并和着主人更多的想象

菜已上桌快快进屋

今夜在灵山居

春风并未饮酒

为何门前的几枝粉玉兰步履踉踉跄跄

怒　放

一罐干菊花
蜷起身子紧紧抱住自己
看得出曾经用力抵抗
唯有斑驳的颜色
记载风曾吹过

拈起几朵放进杯中
下一场 100 度的倾盆大雨
菊花依然喝得贪婪
忍不住再一次怒放
和还在故土时一样

在云下

下班开车进地下车库
等刷卡的片刻
两个保安在聊天
一个说，活着太难了
小孩要养，父母老了
另一个说，不都这么活着吗
明天的事明天再想，开心一天是一天

说的时候
他们在岗亭
我在车里
漫天的团云一样在我们的头顶

荒　诞

此刻你站在高铁站出口
像从梦中突然醒来
从哪来
伟大的哲学命题于此刻是荒诞
而所经过的那些
只是幻境

到哪去
站前广场如此热闹
老人抽动陀螺
几个孩子追逐着
溜冰鞋滑过透水砖隆隆地响

像高铁发动，在一个月前
这个比喻
多么荒诞

下乡纪事

天边还只有一颗星星
几缕炊烟不断上升
两边的油菜已不见花黄
桐江向西时宽时窄
一棵一棵树是或高或低的静默
结出偶尔的虫鸣

与两间土砖房告别
与两间土砖房前一棵不结果的桃树告别
沿着村道拐弯过来
还有一户人家要走访
暂不需要借别的光
只是习惯性地抬头望了望
一定要在月亮出来前到达
我有些自说自话

起风了，身边的云被渐渐吹散
月亮升起
我们一起加快了脚步
母亲说月亮跟着我是送我回家
我从未这样对孩子说过
但我依然相信

春分寻野樱花不遇

春分相约到牛栏坳看野樱花
说是去年这天，漫山的野樱花美到手机存不下
早起从县城出发，至水东江，过一小桥
一路向上，并无踪影
说是看野樱花需到山顶

从山顶四望，去年开过的野樱花依然无处可寻
路两边没有
唯一一栋房屋四周不见
就连陡崖上最多的一丛也不例外
全部自顾自开了又谢了
原来今年的春分与去年相差十三天
野樱花并没有任何义务等我们
不知道谁哲人般冒出一句
明年再来吧，一声接一声叹息
不知道野樱花有没有听到

从另一侧下山
之字弯一拐再拐
要晕未晕时，打开车窗往外透口气
不约而同喊出声来

一树一树不知名字的白花开得正艳
猝不及防，伸手可摘

图书在版编目（CIP）数据

废墟上升起一座博物馆 / 刘娜著.-- 武汉 ：长江
文艺出版社，2023.1
　　（第38届青春诗会诗丛）
　　ISBN 978-7-5702-2906-2

　　Ⅰ.①废… Ⅱ.①刘… Ⅲ.①诗集－中国－当代
Ⅳ.①I227

中国版本图书馆 CIP 数据核字（2022）第 165357 号

废墟上升起一座博物馆
FEIXU SHANG SHENGQI YIZUO BOWUGUAN

特约编辑：姚晓斐

责任编辑：胡　璇　　　　　　　　责任校对：毛季慧

封面设计：张致远　　　　　　　　责任印制：邱　莉　　王光兴

出版：　长江出版传媒　　长江文艺出版社

地址：武汉市雄楚大街 268 号　　　邮编：430070

发行：长江文艺出版社

http://www.cjlap.com

印刷：湖北新华印务有限公司

开本：880 毫米×1230 毫米　　1/32　　印张：6.125　　插页：4 页

版次：2023 年 1 月第 1 版　　　　　2023 年 1 月第 1 次印刷

行数：4275 行

定价：52.00 元